GEORGES LORIN

LES MAISONS

RIMES HUMORISTIQUES

ILLUSTRÉES PAR

LUIGI LOIR

DITES PAR

FÉLIX GALIPAUX

Du théâtre du Palais-Royal.

Prix : 1 fr. 50

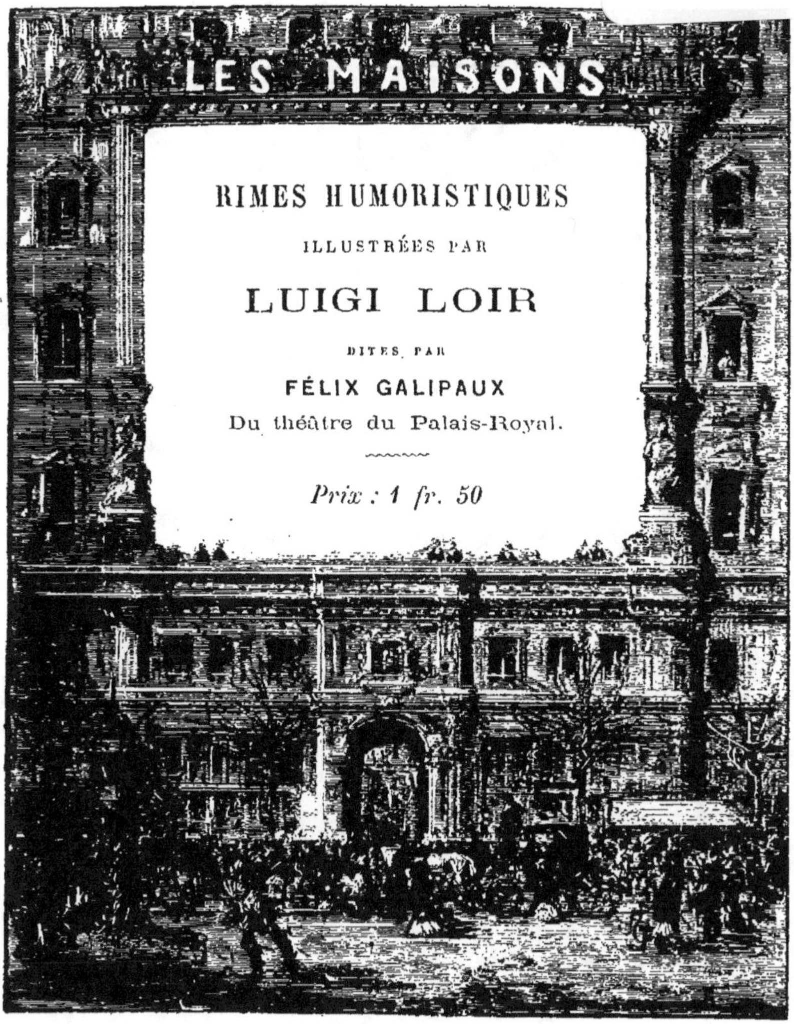

PARIS

PAUL OLLENDORFF, ÉDITEUR,

28 bis, RUE DE RICHELIEU, 28 bis.

1883

Tous droits réservés

LES MAISONS

GEORGES LORIN

LES MAISONS

RIMES HUMORISTIQUES

ILLUSTRÉES PAR

LUIGI LOIR

DITES PAR

FÉLIX GALIPAUX

Du théâtre du Palais-Royal

PARIS

PAUL OLLENDORFF, ÉDITEUR

28 bis, rue de Richelieu

1883

LES MAISONS

Avec leurs yeux carrés, rangés
Comme des soldats en bataille,
Les maisons en pierre de taille
Regardent les flots passagers
De Parisiens et d'étrangers
Courant, au milieu des dangers
Du trottoir traître et des voitures,
Après l'or et les aventures,
Avec des pas lourds ou légers.

Dans les villes où, par la brume,
On jurerait qu'en les créant
Un énorme rabot géant
Aligna d'un coup leur costume,
Côte à côte, avec amertume,
Le long des tapis en bitume,
Elles rêvent, évidemment,
Au monotone accoutrement
Que leur infligea la coutume.

Riches, modestes ou taudis,
Ce sont de grands cerveaux pleins d'hommes,
Qui, le soir, à l'heure des sommes,
Par les durs labeurs engourdis,
Pour plonger leurs sens alourdis
Dans un calme de paradis,
Ferment leur paupière en persienne,
Que le rideau de valencienne
Remplace par les chauds midis.

En général, elles sont sages.
Les vieilles et les monuments
Arborent maints enseignements
Aux balafres de leurs visages.
Coquettes... comme des corsages,
Elles fleurissent leurs vitrages.
Mais, malgré leur air comme il faut,
Elles ont un affreux défaut :
Les maisons sont anthropophages.

Elles avalent des passants
Et rejettent avec leur porte
D'autres gens que la rue emporte
Parmi ses remous incessants.
Sur leurs balcons resplendissants
Brillent, par milliers et par cents,
Des lettres qui sont leur langage
Doré... qui tente et vous engage
A des achats intéressants.

La cité les rend confondues.
Mais, sous des aspects attachants,
On les rencontre dans les champs,
Au bord des routes répandues,
Ou bien, s'accrochant, éperdues,
Aux cîmes des roches ardues.
Parfois, folles de liberté,
Isolant leur tranquillité
Si loin, qu'elles semblent perdues.

Celles-là n'ont souvent qu'un œil.
Mais, plus que les hautes façades
Que la vue arpente en glissades,
Où le pittoresque est en deuil,
J'aime leur plâtras sans orgueil,
Le feuillage, d'un frais accueil,
Les ornant d'aimables ceintures,
La simplesse de leurs toitures,
Et le concierge...... absent du seuil !

Semant la terreur dans la foule,
Les maisons meurent quelquefois.
Au son de lugubres beffrois,
Le feu rapace y tord sa houle.
La brusque avalanche qui roule
Assomme le châlet qui croule.
Et, mélancoliques, nos yeux
Ont vu bien des pignons joyeux
Ensevelis par l'eau qui coule.

Mignonne, je n'ai de raison,
Quand ma fortune sera pleine,
Pour préférer cité ni plaine.
Que l'une masque l'horizon,
Que l'autre étale son gazon,
Pauvre oiselet, sans trahison,
Qui fit son nid de tes prunelles,
Je ne veux de repos qu'en elles :
Dans ton cœur j'ai fait ma maison.

NOTICE

SUR LA

PORTE DE L'HOTEL CLISSON

SERVANT ACTUELLEMENT D'ENTRÉE

A L'ÉCOLE NATIONALE DES CHARTES

PAR

JULES QUICHERAT

RÉPÉTITEUR GÉNÉRAL DE CETTE ÉCOLE

(Extrait de la *Revue Archéologique* du 15 février 1848)

PARIS

LIBRAIRIE ARCHÉOLOGIQUE DE LELEUX

RUE PIERRE-SABRAZIN, 9

1848

REVUE

ARCHÉOLOGIQUE

OU RECUEIL

DE DOCUMENTS ET DE MÉMOIRES

RELATIFS A L'ÉTUDE DES MONUMENTS, A LA NUMISMATIQUE ET A LA

PHILOLOGIE DE L'ANTIQUITÉ ET DU MOYEN AGE

accompagnés de dessins et gravures

Publiés par les principaux Archéologues français et étrangers

La 4ᵉ Année a commencé le 15 avril 1847

Prix pour Paris : un an, 25 fr. ; départements et étranger, 30 fr.

Ce Recueil, fondé en 1844, compte parmi ses Rédacteurs, MM. LETRONNE, HASE, DE
SAULCY, DOUËT-D'ARCQ, DE LABORDE, DE LUYNES, DE LONGPÉRIER, MÉRIMÉE, A. MAURY,
EGGER, J. QUICHERAT, CHAUDRUC DE CRAZANNES, E. CARTIER, GILBERT, JUDAS, CH. TEXIER,
DELAMARRE, LEEMANS, LEPSIUS, PRISSE, DE ROUGÉ, S. BIRCH, GUENEBAULT, TROCHE, etc., etc.

NUMISMATIQUE

DU VOYAGE

DU JEUNE - ANACHARSIS

OU

MÉDAILLES DES BEAUX TEMPS DE LA GRÈCE

OUVRAGE PUBLIÉ

PAR C. P. LANDON

ET ACCOMPAGNÉ

DE DESCRIPTIONS ET D'UN ESSAI SUR LA SCIENCE DES MÉDAILLES

PAR T. M. DUMERSAN

CONSERVATEUR AU CABINET DES MÉDAILLES ET ANTIQUES DE LA BIBLIOTHÈQUE ROYALE

	2 vol. in-8, ornés de 90 planches gravées au burin.	8 fr. » c.
PRIX	ou 1 vol. in-8, orné de 90 médailles gravées au trait.	3	50
	ou 1 vol. in-18, orné de 90 médailles gravées au trait.	1	50

PORTE DE L'HOTEL CLISSON.